박영근 시집

지금도 그 별은 눈뜨는가

박영근 시집

지금도 그 별은 눈뜨는가

차   례

제 1 부

氷 壁 …………………………………………… *8*

꿈속에서 ………………………………………… *9*

대암산 …………………………………………… *10*

빗속에서 ………………………………………… *12*

용산에서 1 ……………………………………… *13*

용산에서 2 ……………………………………… *14*

임진강에서……………………………………… *15*

CF를 위하여 1 ………………………………… *16*

CF를 위하여 2 ………………………………… *18*

天池를 생각하며 ……………………………… *21*

네가 찾아들 때마다 …………………………… *24*

변산 기행 ……………………………………… *26*

김봉수, 1982…………………………………… *30*

尹金伊 …………………………………………… *32*

벽 1 ……………………………………………… *35*

제 2 부

달 1 ·· *38*

그 房 ·· *39*

달 2 ·· *43*

희망에 대하여 ··· *44*

내가 나에게 묻는다 ································· *46*

노 래 ·· *48*

이 손을 뻗는다 ······································· *49*

길 ··· *53*

벽 2 ·· *54*

올 여름 ··· *55*

잠 ··· *56*

폭 우 ·· *58*

밤, 꽃 ·· *59*

겨울숲에서 ··· *60*

뗏목에서 ··· *62*

제 3 부

바다에 내가 있다 ···································· *64*

초상집 ·· *66*

산울음 ·· *67*

江의 꿈 1 ·· *70*

江의 꿈 2 ·· *72*

눈 물 ··· *74*

경주 남산 ··· *76*

호박꽃 ·· *78*

옛 말 ··· *79*

아침해 ·· *80*

빗소리 ·· *81*

막 차 ··· *82*

풍 경 ··· *84*

입 추 ··· *85*

제 4 부

詩 ·· *88*

그해 겨울 ··· *90*

지금도 그 별은 눈뜨는가 ························· *92*

모닥불 ·· *94*

동암역 근처 ··· *96*

역전 뒷골목 ··· *97*

광고탑에서 ·· *98*

말 ··100

변 명 ···101

용인에서 ···102

너에게 ···104

십일월 ···106

달 3 ··107

다시, 십일월 ···108

해 설 ···························김 형 수 · 109
후 기 ···123

103
104
105
106
107
108

109
110

제 1 부

氷　　壁

겨울山은 나뭇잎 하나 붙잡을 것이 없다
침묵의 저 가파로운 칼등

바람에 끌려다니던 눈송이들이
일제히 머리를 풀고
바위 절벽에 얼어붙는다

어떤 생애의 화살이 날아와 깨뜨릴 수 있을까
흉터와 외침 위에
얼음 저며드는 壁畫여

바람도
눈송이도
스스로 부딪쳐 불타올라
온몸으로 절벽이 된다

오오 고통만으로
저를 지키고 있는
저 겨울산

꿈속에서

가령 꿈속에서 너는 아직도 나를 끌고 다닌다
어스름에 춥게 떨고 있는 강물 건너
인민군 막사 위로 펄럭이는 깃발과
군복을 입은 소년들이 제식훈련을 하는 연병장을 가리키며
어서 건너가라 어깨를 친다
아니라고 도리질을 하고 소리를 치려 할수록
차가운 강물은 온통 잠자리에 튀어오르고
물 젖은 옷에 바람이 얼어드는 밤길
캄캄한 어둠속을 내가 걷고 있다
다 떨어진 군복을 끌고
맨발에 고개를 숙이고 가는 긴 행렬 속에서
느닷없이 너는 나를 길에 홀로 세우고
군번을 외우라 명령한다
잊은 지 십오년이 넘는 그 아라비아 숫자를 찾다가
문득 소스라치는 자리에
인민군복에 붉은 별짜리 군모를 쓴 또다른 내가
부동의 차렷자세로 말을 더듬고 있는
나를 바라보고 있다
너는 어느새 길을 돌아서 사라져버리고

대 암 산

차디찬 안개가 상병이나 일등병 계급장을 단 골짜기와
벼랑, 나무들 사이를 기어다니며
길을 지우고 흔적을 덮고
예고도 없이 밤중엔 비가 쏟아졌다
암구호만 살아 번쩍이던 산

판초우의를 쓰고 비에도 젖으며
때로는 검은 나무 사이 떨어지는 별빛에도 놀라
M16 자물쇠를 풀던 긴 밤
어떤 악몽은 매복호를 몰래 빠져나와
비트를 찾아
나무뿌리 밑이나 바위 틈을 뒤지다
부비트랩에 걸려 터지고

안개는 제가 견딜 수 있을 때까지 시간을 붙잡고
죽음의 기억까지 녹슬게 하고,
우리는 찌그러진 반합통 같은 얼굴로
지난밤의 총탄이 박혀 있는 나무둥치와
몇 마리 오소리들을 보고 돌아서곤 했다

살아 붙잡을 것은 물소리밖에 없었던
내 마음의 대암산
이십년이 흘러도 나는 떠나지 못하고,
귀울음으로 남아 시시때때로 울려오는 선무방송

헬기가 날아와 K레이션을 떨어뜨리며
요란하게 민간인 노래를 틀어주던 날
얼마 동안인지도 모르게 나무뿌리와 바위와 흙을 갉아먹
은 얼굴로
뿌옇게 떠다니는 해의 형상을 바라보던 사내의
발 밑에서
K레이션 깡통의 이빨이 흙을 물어뜯고 있던
그 자리

비트 속에 몸을 꼬부리고 나는 생각한다
한라산, 진달래⋯⋯
아리랑, 도라지⋯⋯
기억 속에 떠올라 무슨 표적처럼 넘어지고 쓰러지는
암구호들을

빗속에서

강물 속에 머리를 풀고
거꾸로 서 있던 나무들이
새 울음소리에 문득 제자리로 돌아간다

뱃길을 묻는 마음속으로
불쑥 산이 내려와
바위 절벽을 강물에 깊이 드리운다

시간을 매질하며 제 살껍질을 벗기고 있는
팻말 하나, 받침이 깎이고 머리가 깨진 채로
완강하게 몸을 가누고 있는 글자들이
지키고 있는 기억을 거슬러
솟구치는 물소리 잡초와 바람 속에
내 마음이 키운 임진강 거친 물소리

산그림자 속으로 비가 몰려온다 남쪽도
북쪽도 방향을 잠시 지우는 빗줄기 속에서
鄭○○ 혹은 金××, 伏字로 지워진 사람들이
어색하게 나를 돌아보고 있다

용산에서 1

OFF LIMITS

철조망 녹슬어가는 높은 담장 안에
비무장한 나무들이
새 둥우리 하나 지키고 있다

용산에서 2

옛 주검 하나
노을에 다시 살아
하늘 끝까지 물들이다
불타버린 모습으로 시커멓게
어둠속으로 돌아가고

천천히 성조기가 하강하고 있다
잠시 제 모습을 잃고 있는
막사들과
알루미늄 위장망이 덮고 있는
깊은 침묵

대공경계구역 속으로 새들이 일제히 튀어올라
일렬횡대로 박혀 있는
어두워가는 하늘에
Coca Cola 광고탑이 불을 켠다

임진강에서

입심 좋은 마을의 사투리가 강을 건너는 뱃전에도 툭,
툭 난장을 폈으리

마음이 끊긴 자리에 웬 꽃들인가,
물마루 차고 날으는 물고기떼
햇살 속에 저 황홀한 춤

CF를 위하여 1

강을 건너가던 철교가 거친 물살 아래 제 허리를 빠뜨리고
국경 쪽을 우울하게 바라본다

인민복에 삽자루를 두른 사람들을 싣고
군용 GMC 한 대
모래흙에 묻힌 자력갱생의 허허벌판을 바라보며
옛길을 더듬는 듯 잠시 두리번거리다
시동을 걸고

마을 사람들이 옷과 신발과 무슨 식량을 받으며 수줍게
웃는다
선글라스의 서양 사내들에게
사라져버린 마을을 가리키는
노인의
텅 빈
눈……
……色을
　　벗자, 운동을 막 끝낸 사내의 가슴에 맺히는 땀방울들
　　　천천히 열리는 여인의 눈과 입술

(올 가을 女子의 반란이 시작된다)
그 위를 문지르는 발기한 루즈팩
그리고 삼성 生生냉장고에서 펄쩍, 튀어나온 물고기 한
마리를
고양이 네로가 즐겁게 쫓고 있다

까까머리 아이를 업은 웬 여인이
배급받은 옥수수자루를 머리에 이고
억새가 하얀 둑길을 지나
평안북도 박천군이라고 씌어진
남한 TV 자막 위를 걸어간다

CF를 위하여 2

아주 TV도
신문도 끊고
소란과
외진 침묵의 자리 술잔도 뒤집고

아내와 아이가 나를 끌고 가는 통일전망대
망원렌즈에 갇힌,
바라볼수록 흐려져가는 눈빛으로
적성촌의 평화와 야포 진지를 찍고
기념사진으로 식구들을 찍고

어색하게 총칼을 풀고
잠시 내 눈길을 허용하는
산줄기의 가파른 자세에 대해

코스모스와 검문소의
서정성에 대해

詩를 쓰고

밤을 새우고

우스워라 나의 不眠은
스무평짜리 고층 아파트
허공에
저리도 푸르른 蘭 줄기 앞에서
노여움이 될 수 있을까
슬픔이 될 수 있을까

욕망이여
이제 너를 따라가마

지하 130m의 상상력으로
바위 틈을 솟아올라
목마른 혀를 적시고
취한 노래로 탱탱한 성기를 세우며
흘러가마

철마다 내 옷을 갈아입히고

生活을 가르쳐주고

내 아이의 탄생에서 나의 죽음까지
그 죽음의 훗날까지 싱싱하게 채워넣고
나를 부르는
냉장의 거대한 육체여

내 몸 전체로 서 있는 군사분계선이여
한잔의 맥스웰을 마시듯 그렇게 부드럽게
사막을 건너는 무쏘처럼 당당하게
너를 바라보마

불이 켜진다
TV 속에
평양의 거리에
황홀하게 네온사인이 돌아간다
전력이 떨어져 가로등 불빛도 없이
잠이 드는 그 거리에
황홀하게
그래, CF를 위하여

天池를 생각하며

1

先史의 하늘이 내려앉아
바람과 햇빛과 눈 덮인 바위산을
끌어안고 있는

때로 재벌회사 로비나 재야단체
사무실에서, 계절이 바뀌는 TV
뉴스 속에서, 혹은 오천원짜리
동네 이발관 늘씬하게 벗어붙인 여배우들 사이에서

정말이지 작고 예쁜 꽃들이
거친 바위 틈 모래알 위로
神聖을 뿜어내고 있는

2

너는 그렇게 오리라
南과 北, 붉은 정지 신호등을 풀고

헬로우 스포츠카의 정통 엘란을 타고
오장육부 도처에 체인점을 세우며
개성이나 평양 어디쯤에서
희디흰 맥주 거품을 게워내며

취해 두드려대는 드럼 소리를 밟고
어떤 은유도 없이 알몸으로 오리라
거리의 네온 간판들이 루즈를 바르는 밤거리
진열장 속 디스플레이도 벗어버리고
팬티 한장으로 길게 드러눕는
골목 한구석에서 비디오를 돌리고

피 묻은 권총 한자루의 톰 크루즈와
속꽃이 벌겋게 벌어지는 한마리의
아름다운 킴 베신저 사이에서
발기한 성기를
한 커트에 수만불짜리 절정 속에 삽입하며

너는 오리라

그곳엔 비 내리는 판문점의 닳고 닳은 비애도
전우의 시체를 넘고 넘어 고지에 오르는
지겨운 전쟁도 없지
눈보라 치는 長白山 자작나무숲 속
통나무집 창가에 번지는 레몬등 불빛과
막 침대를 빠져나온 섹스 끝에
한잔의 맥스웰이 있지

天池여, 천연사이다 원액으로 출렁거리는
내 마음속에 이미 세워진
거대한 광고탑이여

네가 찾아들 때마다

미끈하게 달려온 아스팔트가
이열종대로 낮게 엎드리는 검문소

네가 불쑥 찾아들 때마다
어느새 등화관제된 마음은
캄캄한 어두움밖에 증명할 그 무엇도 없이
떨고 있는 제 몸을 더듬고
때로 새하얗게 질린 꽃잎들을 한꺼번에 터트리다
강물엔 듯 벌건 피로 몰려간다

그리고 희미한 기억이 켜는 삼십촉 벌거숭이 알전구
그 충혈된 눈이 쏘아보는 바람벽엔
초라한 내 그림자
식은땀에 흥건히 절어가던 꿈이
밖을 향해 토하는 한자루 칼

벗어나려 안간힘으로 액셀을 밟는 삶의 어떤 속력도
통과할 수 없는 곳을 나는 안다
내가 쓰는 詩 행간 어두움 속의

너의 희미한 미소, 내 몸에 새겨진
이미 지울 수 없는, 너의 역사

코스모스 몇 줄기
집총을 하고 있는 그 조립식 가건물 곁에서
꽃잎 다 떨구어내고
고개 수그려 낯선 제 몸을 보고 있다

변산 기행

1

산다는 일은 저렇게 곧게 쏟아져내리는
폭포 같은 것은 아닐 것이다

기어이 산맥은 스스로 길을 끊어 왕포나
채석강에서 바위 절벽 아래 떨어지고
바다 끝까지 달려간 마음도
저녁 노을로 스러지고

2

방첩대나 지서 사람들이 밤새 술상머리를 두드리며 부르던
그 유행가 소리를 옛집에서 듣는다

선거場이 설 때마다 공화당 표몰이꾼들에게
말들이 막걸리와 그 질긴 만월표 고무신짝을 풀며
신명을 내던 아버지
내 모든 생각들이 숨을 멈추고 엎드려 있던

대공수사대

벌건 갓등 아래

시멘트벽에

발가벗겨진 내 알몸의 그림자

외롭게 춤출 때 듣던

아버지의 또다른 이름

빨치산 전향자라는 이름

할아버지 살아 계시던 옛집엔

지금도 정정한 참오동나무 한그루

아침 저녁으로 가지를 흔들며

마당에 옛말을 뚝뚝 떨구고 있다

아들의 목숨을 사기 위해

한 마을을 부리던 논마지기도 당신이 묻혀서

들판을 지켜보고 싶던 선산마저 올려세우더니

그예 돌아가셨다는 말

3

세월이 어떤 시간의 물살에 허물어져
그 이름이 쓸려가고
살붙이들에게마저 말할 수 없었던 것들이
거기 묻힌다 한들
아버지에겐 끝내 지울 수 없었던
칼날의 마음

흰 눈에 호랑가시나무 마냥 푸르른
겨울숲에 홀로 들어
그 붉은 열매 앞에
몇번이나 멈추어 서서
고개 돌리고 눈물지었으리

쓰러진 마음들이
바위 절벽으로 저를 세워
파도의 아우성 키우는
변산

4

파도는
한 바다를 이루어놓고도
저렇게 돌아서고
돌아서서 어느새
물소리 한자락 없이
제 생애를 비워놓고

김봉수, 1982

갯벌을 잃은 바다가 먼데 섬에 불을 밝히고
거친 숨으로 돌둑에 물벼랑을 쌓는 간척공사장에서
나는 그를 만났다

뜨거운 해는 날마다 단 하루만의 삶을 걸어놓고
바다 끝으로 지고, 밤으론
그의 억센 고향 사투리를 밀고 가던
파도가 되돌아와
삐걱거리는 합숙소 그 臨時의 잠을 흔들어 깨웠다

흙차가 버리고 간 폐타이어 몇개와
늙은 개오동 한그루 찬비에 젖어가는
돌산 허리가 날아가버린 반쪼가리 공터에서
어디든 뿌리내리고 싶은 마음이
밀려오는 파도와 어깨를 겯고
남쪽에서 배웠다는 유행가를 부르고

때때로 그가 숨기지 못한 허튼 소문들이
밥집의 소주판을 뒤집기도 하였다

그가 아니라고 고개를 돌리고 부정한 것은
그의 조국 조선민주주의인민공화국뿐이었을까 자랑처럼
내걸린 태극기와
애매하게 웃고 있는 카메라의 눈빛 앞에서
힘겹게 내지르던 만세 소리였을까
제철이 되어 찾아온 이름도 알 수 없는
歸順의 새떼들 남포 소리에 놀라
허물어져가는 폐가 개쇠뜨기풀 속에 숨고

갯벌은 늘 그만큼 메워지고 바다는 물러나지 않고
이제는 더 어디론가 떠날 수도 없는
남쪽 세상 바다 끝에서도
다하지 못해 제 몸을 풀지 못한 말들이
때 이른 눈발이 되어 날아와 며칠씩 작업을 묶어놓았다

尹 金 伊

1

우울해하지 말라구 그 여자애 말야
간밤에 깜둥이 상사 녀석이 나이프로 어떻게 해버린,
나이트에선 알몸에 달려가 붕붕 날았다는
그애 말이야 어떻든 너희가 먹여살렸고 사는 동안은
그럴듯했대잖아 마이클 노래나 들려주라구
땅 밑에서도 LA 화이트 힐을 꿈꿀 수 있을거야
그애에겐 그게
뽕이었다니까는

인생이란 커피나 피자파이 같은 거야 먹어치우고 나면
어쩐지 마음이 울적하거든
글쎄 무슨 이야기를 할까 휘트먼이나
케네디 이야긴 벌써 낡아버렸고 람보만 해도
스포츠 신문에서 하도 떠들어놔서 말야
싱거워졌다구 요새 본토에서 유행하는 여자들
속옷 이야기라면 근사하겠지
알다시피 언더웨어의 시대잖아

2

하늘 우러러 무슨 소식을 전하리

솟대 끝에
새 한마리

머리도 나래도
깨어져
없는
반쪼가리 몸뚱어리

바람에
구름 속 되살아나
비껴오는
한오라기 햇살

마저 그리움도 벗고

홀로 가거라
죽어
한점 비유도 없이
허공에

벽 1

한밤중 어두움 속에서 벽이 우는 소리를 듣는다

오년이나 십년쯤
혹은 이십년쯤
제 몸 속에 살아
당당하게 뿌리를 내린 시간들을
스스로는 허물지 못해

그 속에
제가 갇혀서

문밖 플라스틱 화분통에선 水菊이 온통 뿌리를 들어올려
꽃대를 세워
잎과 잎 사이 붉은 숨을 배앝고

제 2 부

달 1

한나절 바지락을 캐고 난 갯벌은
먼데 막소줏집 불빛 하나를 남겨두고
말이 없다

어둠이 노을을 삼키고
웅크린 섬들을 지우는 동안
철책이 빗장을 걸고 이빨을 세운다

한점 비린내도 없이
저렇게 바람으로 텅 비어버린
갯벌이 나는 두렵다

물이랑이
칼등을 세워
비구름 몰려오는 수평선으로 돌아간다

사나운 바람이 엉겨붙어 아우성치는
철책 위로
피를 머금은 달이, 솟는다

그 房

배고픈 쥐들이 자주 비눗조각을 물어가곤 했다 꽃샘바람에
진눈깨비 울 때까지 늘 가스가 떠돌아다니던,
숨이 차오른 가스배출기가 삑삑 울기도 하던
부엌 하나 딸린 단칸방, 낡은 창틀에 매달려
속이 환히 비치는 플라스틱 주스통 속에서
애기 손바닥만한 무가 노란 싹을 내밀던

그 방 용접불꽃에 먹혀 뜨거운 모래알이 구르는,
벌겋게 달아오른 쇳조각 같은 눈으로
문건을 읽었다 이 빠진 받침들과
시커멓게 뭉개진 활자들은 바로 세우고
읽고 나선 서둘러 아궁잇불에 태우던
한밤중, 어둠속으로 피세일*을 나갔다 달빛은
골목 어귀에 소식지 위에 날을 세우며 떨고
보안등 불빛에 쫓기며 한바퀴, 또 한바퀴…… 돌아와
새벽시장 봉지김치에 라면밥 말아먹던, 방

기억이 쓰디쓴 꽁초를 태우며 실업의 골목길을 더듬는다
지린내나는 영화관에서 신참내기 공장 아이들이 갈기는 휘

파람소리도 들린다 나무판자에 먹붓으로 힘들여 쓴 문패
앞에서는 내가 웃고 있다 텃밭의 웃자란 대파들이 녹슨 철
조망 울타리 너머 머리를 올리고

  눈이 녹으면 동네 아이들 잃어버린 신발짝들이
  햇살에 언 발가락을 꼼지락거리던
  공터를 지나면 내 자취방 비 내리는 공일날
  돼지 삼겹살에 쐬주로 정말이지 목구멍의 기름때를 벗기
고 들던,
  이씨 콩나물같이 말라가는 아내의 그 적금통장 이야기
속으로
  어색한 침묵 속으로 빗소리는 찾아와 울고
  한바탕 내지르는 유행가 장단에 그예 쏟아지다
  처마 밑으로 제 뼈마디를 뚝뚝 꺾던
  방, 끝내기 술판에 단풍은 단풍끼리
  흑싸리는 흑싸리끼리 제 짝을 찾아 쩍쩍 달라붙던 화투판
  구석에선 봄날이 소주병에 꽂혀……
  아, 진달래, 환히, 취한, 얼굴

배고픈 참새들이 텃밭에 찾아와
배추시래기를 물고 한나절 농사를 짓고 날아가곤 하였다
몇번인가 이사를 할 때마다
그 비좁은 골목길은 리어카 한대의 이사 보따리에도 땀
을 흘렸다
지붕이 무거운 TV 안테나를 머리에 이고 바람에 삐걱거
리고,
어떤 가난도 지우지 못하던 단칸방의 불빛들

대공분실 자술서 하얀 백지에 스쳐가던,
돌아와 꿈속에서 홀로 울던
방 천장의 누렇게 죽어가는 사방연속무늬 꽃들이
내 몸 위로 뚝뚝 떨어지고,
그 너머에서 날리던 흰 눈송이들

나는 천천히 그 방을 빠져나온다
돌아보면 환한 대낮인데
한 사내가
부엌 바닥에서 어린 파를 다듬다가

불쑥 솟구치는 눈물을 떨구고 있다

* 80년대 운동권 은어로서 투쟁속보 등 유인물을 은밀히 배포
  하는 행위.

달 2

번득이는 작업등 불빛 속
허공에 홀로
거대한 침묵이어라

골리앗 크레인
한쪽 어깨에 걸려 있는
저 철골

온몸 마디마디
용접 불꽃에 태워
흐르는 쇳물로 숨을 쉬고
연마 드릴로
제살을 깎아 세운
강철의 뼈

썰물 지는 미포만
조선소에 불빛이 꺼질 때까지
수평선 끝으로
달이 파도에 제 몸을 굴려
한 바다를 끌어올리고 있다

희망에 대하여

바람 부는 공단거리 해종일 쏘다녀도
아는 이 한사람
만날 수 없고
옷 벗은 광고선전지만 날아와 발등을 덮고
지친 내 그림자가 기대고 선
공장 담벼락엔
찢겨진 낡은 포스터

저물어 역전거리에 나가
싸구려 노래테이프를 파는 내 친구
절단기에 잡아먹힌 헐렁한 팔소매를 끌고
소줏집에서 흰소리를 치다
돌아와 눕는 밤
마음 밑바닥 싸늘한 강판엔
옛말들 쇳가루처럼 쌓여가고

어리석은 마음이 그를 생각한다
악기 공장
닫힌 철문 앞에서

원직 복직을 외치는 그의 쉰 목소리를
희망이라고 불러도 좋은 것일까
밤이면 노동자상담소 졸고 있는 눈들을 깨워
분필을 잡는 그를

내달리는 아이들 쌍소리에 골목이 툭, 툭 꺾이고
행길 건너 돌아앉은 고층아파트
애드벌룬에 입주예정 날짜를 띄우고 있는 재개발구역
국밥과 소주를 파는 그의 아내
막김치처럼 헤픈 그 웃음을
나는 무엇이라고 불러야 하는 것일까

잠은 오지 않고
하릴없이 묵은 소설책 갈피를 뒤적이는
한밤
돌아볼 옛날도
훗날도 없는 텅 빈 시간
답답한 마음이 골목엘 나와
외롭게 제 발등을 비추고 있는
보안등 불빛을 본다

내가 나에게 묻는다

십년 만에 찾은
명동성당,
바람 찬 천막 농성장
어둠속
내가 나에게 묻는다

그 예전
외침으로 살던 나에게
묻는다
참으로 떠나왔던가

오랜 침묵 속에
피어나
발자국 이끄는
이 아픔은 무엇인가

성당 언덕 아래
악을 쓰며
불빛들은 돌아가고 취해가는

내가 바라보는
구름 속
얼굴을 가리고 있는 달

떨리는 마음이 머리띠를 묶는다
한바퀴 아우성 속을 돌아
십자가 불빛은 붉게 번지고

오래 피 흘려도 좋으리
이 가시 면류관

노　　래

침묵이 말을 할 때가 있다

끝내 깨우치지 못한 얼굴로
피투성이로

누추한 벌판이 눈바람에 꽝꽝 얼어터지는 겨울에
내 몸 또한 산산이 부서지는 날을 생각한다

오, 빛나던 상처의 자리
오늘은 간신히 눈을 뜨고 있는 별이여

침묵이 제 속으로 키우는 뜨거운 바람에
담금질하던 말
그 한마디
견디지 못하고 내지르는 소리가
노래가 될 때가 있다

이 손을 뻗는다

1

차디찬 허공에도 저렇게 피어나누나
바람 속을 굴러
제철소 너머 바다 끝에
몸을 던져 날리는
노랫소리

스스로 밥줄을 끊고
수수만톤 아우성을 쌓아올리고 있는 골리앗 크레인 앞에서
나는 이 손이 부끄럽다
수십년 찌든 작업복 같은
투표용지에 당당하게 파업을 쓰고
선체부 동료들 어깨를 두드리고

이름도 알 수 없는, 누군가, 철골에
깔려…… 어떤 죽음도 부글거리는 폐수
거품 속으로 잦아들 때, 조합사무실을 멀리 돌아
집을 향해 뻗어 있는 길을 무겁게 끌고

헤드라이트 불빛이 쓰러뜨리는
가로수들을 밟고 달리며
핸들을 잡던 손

                    2

밤바다엔 조용히 흔들리는 수만톤의 선체
피와
불과
쇠의 꽃덩어리
그리고 한달 야간작업 팔십시간 위로 길게 드러눕는
CF 승용차의 불빛

그 자리에
쇳물로 흘러
서늘히 굳어
죽어간 불꽃들

이제 마스크도 안전모도 벗어버리고

쇠난간에 나를 매달아
뜨겁게 튀는 용접 불똥이 되고 싶구나

바람에 솟구쳐올라 울음을 터트리다
나를 찾아
더듬더듬 내려앉는
선전지 한장

3

기름때에 절어가던 시간들이 밀어올리는 흐린 하늘에
쏟아지는 눈발 속에 초라한 손을 씻는다

기계를 꺼버리고
라인도 꺼버리고
마지막으로 남겨둔 용광로 불꽃을 생각하며
함성 속에 손을 뻗는다
비로소 보이는, 든든한 지게차 같은
용접봉처럼 낯익은, 거무튀튀해서

쇳밥 같은…… 얼굴들

송이
송이
수천 송이
내닫는 바람 속
하늘이 뜨겁구나

길

나의 시간은 여전히 대치선 위에서 떨고 있다

밤새 쏟아져내리다
바람에 휩쓸려
꽁꽁 언 채로
새벽의 골목 한구석에 몰려 있는
눈더미 속에 있다

수당 몇푼을 찔러넣고
길 위에 서본 사람은 알지
허공에 하얗게 얼어붙은 해가
가슴 속에서 어떻게 뜨거워지는지,
골목에서 눈물을 훔치던 길이
어디로 뻗어가는지

지금은 제 죽음의 밑바닥까지 보아버린 어두움이
스스로 피를 흘리는 시간
한줄기 새벽 노을에
길이 대치선 위로 숨을 틔우고 있다

벽 2

내 손에 뜨겁게 흘러내리는 기름방울로
네 모습을 그린다 붉은 입술과 젖가슴과
막 바다에서 돌아온 두 다리

쇳밥을 깎는 선반의 예리한 칼끝으로
허름한 기숙사 방에 기대어

잔업으로 짓물러터진 눈동자 속에 고여오는
너 눈부셔 바라볼 수 없는
하얀 살의
벽

문득 너는 돌아가고 캄캄한 비디오 화면 위로
나를 잘 아는 한 사내 불쑥 나타나
빙긋이 웃는데

언제부터였을까
내 완강한 손이 움켜쥐고 있는
온통 찌그러진 맥주캔 하나

올 여름

숨이
가쁘다

속살에나마 지켜온
한줌 물기마저 타버린
마음에
붉은 채송화 꽃떨기

한뼘 키로
애잔히 솟아나
바람을 부르는 것이여

그리움은
먹구름 속
천둥소리로 우는가

번개 불빛 속
빗물 머금고
꽃잎 터트리고 있는

잠

너무 깊어
어디인지 알 수 없는
잠 속이었네

꽃잎이었나 남김없이 피어나
발바닥까지
발가락 끝까지
뜨겁게 숨구멍 열리다
뚝뚝 떨어져
고여오던 피

벌건 노을 속엔 듯
허공에 뜬 깃발에 누워
꺼져가는 외침의 끝까지
가라앉아
소리는 굳고
칼등에 차디찬 땀방울

홀로 미쳐가는 바람 속이었나

불타버린 벌판 꺼멓게 그을린
나무 밑둥에
스무살 때 잘려나간
손가락 하나
매달려 자라고

눈물로도 씻어낼 길 없는 내 안의 歷史
깨어날 수 없는
칼날 위였네

폭 우

천둥소리에 귀먹고
번개 불빛에 눈멀어
밤새 몸부림치던 마음이
해아침 마당귀에서
나팔꽃을 본다

한 허리 다치지 않고
막 피어나는
애기 살웃음을 달고
흙담을 타고 오른다

폭우가
네 거친 숨결 속에 돌아
꽃잎 속에
비이슬이 되었구나

밤, 꽃

꽃대가리 터뜨려 불을 토하던 대낮을 어이하리

낡은 보안등 아래
땅 밑으로 휘어드는 모가지 간신히 담장에 걸치고 있는
장미철 밤 꽃무더기
파리하게 떨고 있는 그림자

바람도 없구나
꽃잎 있는 대로 휘날려
제 가슴 뜯지도 못하고

겨울숲에서

과장이었구나

한 장도막 치고 가는 쏘나기 끝에
쟁쟁히 잎, 잎들 태우던
그 땡볕

익을 대로 익어 붉어진 마음
살얼음 여울에 떨구던
가으내 속울음

겨울숲에 들어
나 또한 굴참나무 빈 몸으로 서서
매서워지는 가지 끝으로
바람을 바람으로 알겠구나

바람에 갇힌 새들이여
눈발 붐비는 그리움 속에
그예 울고 있으니
무거운 몸 어디다 부려야 할까

나는 어떤 기다림보다도 막막한 벌판을
눈보라로 질러가면서
수천 마디
쏟아지는 말들을 버린다

뗏목에서

칠산바다 삼백리 길을 굽어보고 서 있던 할머니쑐엔
빗돌 한장 없다

한꺼번에 쏟아져 불타는 노을이
파도에 젖어가는 저물녘

폐선이 된 너구릿배
허리께까지 뻘 속에 묻혀서도
물바다 쪽으로 머리를 세우고 있다

소금물에 절이고 기름을 먹여
썩지도 못하는 몸이
바람 속으로 내밀고 있는
저 낡은 돛대

제 3 부

바다에 내가 있다

저 죽어가는 펄 속에 내가 있다

옛 소금막 자리
갈밭 속에
황오리 쉰 울음소리

한번 떠나서는 돌아오지 않는
제방 너머
바다에
내가 있다

안개가 내린다
이제는 아픔도 없이 썩어가는 살
빈 파도소리의 무덤

물길을 잃고 돌아간
능쟁이 말뚝짱뚱어는 나를 알고 있으리

온몸 메흙칠한 붉은 게 한마리

저를 찾아
바다로 가고 있다

초 상 집

상주도 잠이 들어 차일막엔 죽은 이 옛말도 들리지 않고
마늘밭 자리 비닐막 노름판만 불이 훤하다

술애비 금렬이아재는 만원 한장짜리 개끗발도 붙지 않는
지
　오늘도 흑싸리 개평꾼

묘자리에 물이 날까 지관 어른은 남몰래 걱정인데
길게 흐르던 별똥별 하나 들판 끝으로 툭 떨어진다

상여엔 두레 울력도 노래도 없구나
이백년 묵은 당산나무가
그 텅 빈 몸통으로
간신히 잎을 피워 올리는 봄밤에

산 울 음

1

캄캄절벽의 밤중에
새끼를 밴 짐승의 에미가 몸을 풀어
긴 울음소리가 골짜기를 울리고
새벽이 그 첫피를 곱게 흘려
갓난 새끼들 눈비늘이 떨어지던
그때를 생각한다

그리고 눈 몹시 퍼붓는 저녁에
내 어린 식구들, 노루며 토끼들이며
신랑각시 새들…… 가죽나무 구멍엔
도토리를 굴리는
겨우살이 날다람쥐……
뭇것들의 순한 잠을 품고
이슥히 바라보던 사람 마을의 불빛은
참 따스했었구나

한그릇 정한수의 가난한 마음이

나를 부르고
눈 속에
죽순을 틔우고

　　　　　2

이제 내 머리는 잘려
밤낮으로 헬기가 내려앉고

능선엔 군인들이 버리고 간
초소와 참호들
총검이 지나간 자리를 어린 칡순이 덮고 있다

바람이 불어온다
새 울음소리가 갈라진다

애기물방개 놀던 찬샘엔
벌겋게 녹슬고 있는
쇠동전 하나

살이 환히 비치는 광고철탑이 눈에 부시다

3

수수백리 사람의 강마을이
처음 마음을 세운 곳
용샘이 마르고 있다
물의 첫자리

물구녁 둘레
허옇게 바랜 돌이끼

아, 휘파람새야 어디로 갔느냐

江의 꿈 1

누렇게 찌들어가는 열사흘 달빛이
채 허물지 못한 논두렁에 떨어진다
제철공단 우뚝 치켜든
저 쇠와 시멘트의 모가지

내 몸에 물비린내 떠난 지 이미 오래
물풀 속에 마음을 숨기고
나는 밤마다 홀로 꿈을 꾼다

가으내 된물살 거슬러와
산단풍에 곱게 깊어가는 물빛을 보다
모래톱에 제 알을 낳고
지느러미를 묻는 연어의 꿈

물방울 타고 바다로 흘러가는 꿈
보름달 부시게 솟아오르면
내 애기
한아름 굴리고 싶어라

내 이제 의지할 건
저 풀잎 하나

목을 감는 기름띠에
숨이 졸려
나를 부르는

江의 꿈 2

저 강길에 술 한잔 거나한 똥장군 걸음으로
얼쑤절쑤 죽은 창례 애비 걸어온다

솥단지 하나 무명이불 한채의 생이별도
앞산에 묻힌 어미의 평생도
앉은뱅이꽃 이야기로
쑥부지깽이 풀이름으로
강길에 매달아주던 그이

그리고 그루터기 논에 쥐불 연기 오를 때
들에서 받은 첫곡식으로
밥을 짓고 술을 걸러
고수레
고수레
강물에 뿌리던 사람

고샅을 도는 징 소리에
홍시가 돌담에 툭 떨어지고
모닥불빛에 벌겋게 취한 강물이

장구 소리 밟던 그때

먼 산에 비울음 소리 들리고
풀개구리 한마리
빈집 흙담을 넘어
흙차 지나가는 신작로를 우두커니 바라보고 있다

눈   물

한강 다리 막 건너가는 전철에
강물을 바라보는
웬 비구니 스님이
물빛엔 듯
햇살엔 듯
얼굴에 미소 한볼 건져올리는데
내 마음에
알 수도 없는 곳에서
눈물이 솟는데

내 안에도
나도 몰래
나를 키우고
나를 살리는 것 있다는데

나 태어나기 전에도
죽은 후에도

애틋한 노을 너머

바람 불고
강물 흐르고
꽃 피는 나무에
물고기들 뛰어오르고
애기풀들 제 맑은 눈물로 피어나는 속에
내가 있다는데

전철을 나와
지하도 어둑한 계단에
동전 하나
걷어차고
저를 밟고 지나간 발길도 잊었다는 듯
구석에서 먼지를 쓰고 있는데
슬픔도 없이
물끄러미 나를 바라보는데

경주 남산

천둥 번개 치던 마음이 굳고 굳어 돌바위가 되었나
바람에 패는 대로
빗물에 젖는 대로
저를 버리고
저를 맡겨

가까이 가면
흐릿하게 모습을 숨기다
멀리 보면
몸을 드러내고

어둠이 저를 밀어올려 산을 깨우면
첫이슬에 문득 감은 눈을 뜨고
순한 머리를 씻는

경주 남산 바위 속의 돌부처
비껴드는 노을 속
이마에
얼굴에

흐르는 연분홍 살
번지는 고운 피

日出의 뜨거운 불꽃들이 돌 속에 피어
그 옛날 저를 새긴 첫마음으로 살아

호 박 꽃

밤새 몰래 밭두둑을 더듬고 간 여우비에
과부 한숨이 벙글었네

비바람에 꽃이 진들 어떠리

애호박 따는 손이 첫서방 보듯 떨리겠구나

옛   말

생강나무 속살에선 똑 그렇게 생강 냄새가 나고요

소태나무 껍질을 씹으면 해나절이 가도록 입이 쓰지요

옻나무는 잘 베어서 익는 장에 띄우는디 평생 가도 옻을
안 타지요

아 침 해

옥녀봉 아래
버느내
외진 뜸마을 감나뭇집 아이

탁주 한사발에 똥장군을 지면
강길이 짜배기판으로 흰해지던
금렬이 둘째아들

쎄피아로 쪽 빼입고
느티나무 동구길에 막 들어서는데
아침해가
얼른 구름 속으로 숨는다

빗 소 리

오래 떠돌던 마음이 빗소리 속에서 집을 짓는다

새 한마리
배롱나무 가지 끝에서
비 그친 하늘
젖은 허공 한뼘을 물고 있다

막   차

읍내 장거리에 국밥집 불빛 몇점 떨어뜨려놓고 버스는
떠난다
아침장에 고추 몇포대 흥정하고
막걸리에 밥 말아먹듯 해 한나절 보낸 떳목양반
먼 마을의 불빛들 스치는 차창에
반백의 머리를 허물어뜨린다
조개미 지나 벼랑길을 돌면 잠을 뒤척이는 밤바다,
서울 큰 공장에서 납병을 얻어 돌아오더니
예수꾼이 된 맹순이는
물길에 들어 한숨 곤히 눕히고 싶구나
폭폭한 가슴 두드리며
흐느끼고 악을 쓰는 건 나훈아 노래뿐
산굽이 물굽이 자갈이 튀어날리던 신작로 길이
포장 아스팔트가 되는 동안
이 길에서 늙어버린 운전수의 흘러간 옛노래뿐
해수욕장이 들어 바다도 갯벌도 잃고
진메 어디 골짜기에서 약초를 심는 노총각 김만만이
독한 살꽃 냄새 썩어가는 매창리 골목에
구엽초깨나 바치고 산 여자의 얼굴이

화투짝 꽃그림 보이듯 어른댄다

한없이 어두워지는 마음으로 울음을 터뜨리며 막차가 달려간다

풍   경

떨어져가는 고철값 주변에 모여서
막걸리처럼 희미하게 웃는 얼굴들

잎을 피우고 쓰레기 바람 속으로
출렁, 마른 줄기를 눕히는
넝마같이 이름도 알 수 없는 나무 몇그루

입주권도 없이 한밤중을 뒤집는
유행가 소리가
제 가슴을 치는
천막집 몇채

우리가 버려서 한 강물을 메우고 우리가 또한 다른 세상
을 살면서
오줌을 갈기던 한 마을 위에
신문기사처럼 까맣게 박혀 있는 새떼

입　추

어둠속에 한가닥 낙숫물 지는 소리
가슴 속을 돌아
피 듣는 듯 떨어지는
한밤 두시 어름

오래지 않아 바람이 그 소리마저 쓸어가리

삶이 무성했던 날들의 뜨거운 불티들이 잦아들어
저리도 흰
새벽달

꽃 이운 자리에서
새까맣게 익은 꽃씨가
바람 속으로
떨어지고 있다

제 4 부

詩

눈발을 걷고
밤하늘에
푸르게 돋아나는 별자리 우러러
이제 나는 길을 묻지 않는다

바람 속
송이
송이
눈을 치켜뜨고
서로의 몸을 부딪쳐
새하얗게
불을 켜고
내달리다
땅거죽에 얼어붙는
그 죽음 속에

나의 詩가
어두운 골목길
얼어붙은 돌멩이 하나의

갈 데 없는
침묵이 된다 해도
별빛이 차게 비웃는
비참이 된다 해도

그해 겨울

그해 겨울에도 눈이 내렸을까, 제 어미 자궁 속에서 핏
덩이 하나
칼날에 숨을 잘리우는 동안 정말로 하얀 눈송이가
세상에 내렸을까, 축축한 석탄더미 같은 피난의 내 보따
리들을 싣고 기차가
이제는 그 이름을 기억할 수도 없는 간이역들을 지나 기
차가
달려갔다

폭설에 갇힌 마을의 외딴 구릉에서 솔 한그루 오래도록
바람소리를 듣고 있었다
벌판의 끝까지 내려앉은 잿빛 하늘 속으로 새들이 불티
처럼 날아오르곤 했다
어둠속이었다 기차가
지나온 모든 길들을 벗어나 터널 속으로 제 몸을 던졌다

너는 바다를 보았다고 했다 커다란 머리채의
바닷말풀이 금빛 물살에 흔들리고
산호가 끝도 없이 불꽃을 뿌리는 속에서

커다란 거북이알을 보았다고 했다

그 병원 골목에선 눈더미들이 흙빛이 될 때까지 녹지 않
았다
병실의 탁자 위에서 난초가
기미 낀 잎들을 뻗어 물을 달라고 조르고
네 잠 속으로 뚜욱 뚝 떨어져내리던 링거병 속의 물방울들
꺼칠하게 굳어가던 밥덩어리와 한그릇의 미역 산국

눈송이는 내려앉을 곳을 모르고

눈송이는 밟힐 줄도 모르고

눈송이는 어디로 불려가는 줄도 모르고

돌이킬 수 없는 곳에서 신호등이 벌겋게 충혈된 눈을 감고
안개 속에서 기차가 길게 울었다
치욕이 수많은 침목들을 깔고 달려갔다

지금도 그 별은 눈뜨는가

낡은 흑백 필름 속 같은 곳에서
쓸쓸히 늙어가는 내가 보인다

한편의 詩를 쓰려면
몇밤을 불면으로 때우는 나를
바겐세일도 하지 못해
백화점 문턱도 넘지 못하는 나의 상품을
신기하게 바라보고 있는
베스띠 벨리 막 화장을 끝낸 마네킹의 얼굴도 보인다

TV 뉴스 속에선 한총련 아이들 최루탄처럼 구호를 터트
리고
내 귀엔 환청처럼 들리고
대낮 뜨겁게 타오르던 해가
페퍼포그 연기 속에서 복면을 한다

꽃들이 일제히 모가지를 꺾고 파업을 했는가

부러진 뼈와 두개골 사이로 새파란

억새를 키우고 있는 공장 위로
기억이 모가지를 부러뜨린 채
하늘을 향해 굴뚝을 세우고
나를 부르는 소리도 들린다

지금도 그 별은 눈뜨는가

그래 가자
가자
저 유월의 싱싱한 은행나무들이
시뻘겋게 녹슨 고철덩어리로 보일 때까지

모 닥 불

치솟아
허공을 그을리던 매운 연기도
바람 속 빨갛게 피어나던
불티도 없다

오밤중 두시 무렵
짓다 만 신축공사장 빈터
취한 내가
허리도 팔다리도 꺾고
쭈그리고 앉아
홀로 사위어가는 모닥불을 쬔다

잿더미를 뒤집으면 벌겋게 살아오는 불덩이들
바람에 문득 하나가 되어
온몸이 뜨거운 눈동자인 채로 이글거리고

나는 갈 곳도 없이 늙어버린 역사 속에 숨어
저를 지키고 있는 몇마디 말들을 생각한다

오늘밤엔 시든 성기를 꺼내
모닥불에 오줌발을 세우고
퍼올릴 한삽 흙도 없이
어둠속에 떠 있는
비계를 타고 싶구나

공터를 떠나 휘청거리는 골목의 끝을 보니
멀리 술집 창문 가까이
눈송이들이 희미하게 불을 켜고 있다

동암역 근처

전철도 끊긴 동암역 근처
눈 쌓인 골목 미루나무 가지 끝

빈 새둥지 속에
뜨거운 별빛 한줄기 떨어진다

오랜 기다림도 그친 곳에
눈은 내려 쌓이리

죽은 이의 옛소식 속으로
바람은 불어오고

지상의 울음이 쩡쩡 얼어붙었구나
밤하늘의 저 눈빛 하나

역전 뒷골목

천원짜리 한입에 팽개쳐져
온통 채이고 밟힌 몸뚱어리로
길바닥에서 밤을 새운
맥주 깡통 하나
아침 햇살에 취해 비틀거리다
바람을 따라 제 몸을 굴리더니
하수구 속으로
첨벙 뛰어든다

광고탑에서

저 불빛을 벗기면
너를 볼 수 있을까
때 절어 지폐 같은 얼굴에
얼룩진 눈물과
허벅지나 등덜미 어디
흉터가 되어 잠든
상처를 볼 수 있을까

Christian Dior
di classe,
알몸에 금빛 문신을 새기고 있는
네 사내의 떨리는 손도 볼 수 있을까
달아오른 살에
황홀히 피어나는 그 칼꽃

한때는 네 살 속에 흘러
자궁 속
바다에
물고기떼 속에 알을 낳고

눈부신 구름을 피워 올리던
나의 言語의 죽음

무슨 아픔도 네가 부르는 노래 속에서는 만원짜리나
이만원짜리 포르노그라피 한장의 카피가 되고
세일이 끝나면
뱉어내는 쓰디쓴 거품

길의 끝에서 남김없이 게워낸다,
글썽이는 눈물 속으로
한푼도 없는 아침이 눈을 뜨고
게으른 창녀의 이부자리 같은
햇살이 등을 두드린다

말

때로 말들은 지하철역 화장실에서
두세두세 담배를 피우며
제 마음을 뒤집고 싶다고 생각한다

아침에 눈을 뜨자마자
일간신문의 활자들 속에서
횡설수설 몰려다니는 말들
대통령이 되어 호령하는 척하기도 하고
베스트셀러로 팔려 야한 꿈을 꾸기도 하고

거리에선 유행하는 가발을 쓰고
루즈를 바르고 손님을 부르다
밤이면 불빛을 달고 춤을 추고
영화관에 들어가 잘 나가는 여배우와 놀아나기도 하고

때로 말들은 사람들 몰래
한번 실컷 울고 싶은 것이다
쥐가 나도록 킬킬거리고 싶은 것이다
화장실 벽 낙서 같은 것이 되어

변 명

침묵이 침묵의 뜻을 얻을 때까지 너를 잊겠다

사랑이 나를 부수고
제 살 속에
핏속에 불을 피울 때까지
사랑이 사랑의 아름다움을 말할 수 있을 때까지

생활과 시 사이에서
때묻는 지폐처럼
변명은 나를 길들이고,
아 나를 끌고 가는 이 깊은 그림자

소리치는 빗속에서
빗소리도 잊고
바람에 흔들리다
흔들리다 쓰러지는 빗줄기의
눈물겨운 몸짓도 잊고

용인에서

김소진에게

가고 오는 것
떠나고
만나는 일이 이토록 한몸이어서
네 주검 끝에
늦은 사월의 햇살이 눈부시다

한 생애가 지어 바친 아름다움이
푸르름으로 깊을 대로 깊어져
내 마음이 감춘 그늘을 물들인다

너를 묻고 돌아서는
이것은 관습일 뿐 가을이 와서
산이 몇번이나 피를 흘리고
바람 속에 분분한 나뭇잎들로
머리를 풀고 눈발을 기다려
마르는 속에
썩어가는 것은 사람의 虛辭일 뿐

죽음에 대한 모든 과장이 그치고

내 마음이 끝내 놓지 못한

뼈마디 하나

白土 말간 속살로 풀어지고 난 때에

나는 책 한권을 빼내어 고아떤 뺑덕어멈이라는 소설을
천천히 읽기 시작할 것이다

집에는 예전부터 식구들이 '큰책'이라고 부르던 낡고 두
툼한 장부가 있었다……

문득 날이 흐리다

무심한 마음이 茶를 끓인다

너에게

겨울 백양나무 숲에
눈이 내린다
빈 몸으로
저를 돌아보는 자의
젖어가는 눈가에
그 가난한 마음에

돌아보면
마을 어귀쯤에서
저희끼리 춥게 모여 떨다
눈발 속으로 흐려지는
몇가닥
길들

골짜기엔
폭설에 갇힌
소식 몇字
벼랑에 걸려
바람 속

벌거숭이로
뜨겁게 얼어붙고 있을 게다

십 일 월

나 또한 십일월의 저 바람 속으로 무거운 몸을 부리고
싶다

바람은
나무들이 끊임없이 떨구는 옛 기억들을 받아
저렇게 또다른 길을 만들고
홀로 깊어질 만큼 깊어져
다른 이름으로 떠돌고 있는 우리들 그 헛된 아우성을
쓸어주는구나

혼자 걷는 길이 우리의 육신을 마르게 하는 동안
떨어질 한 잎살의 슬픔도 없이
바람 속으로 몸통과 가지를 치켜든 나무들

마음속에 일렁이는 殘燈이여
누구를 불러야 하리
부디
깊어져라
삶이 더 헐벗은 날들을 받아들일 때까지

달 3

밤새 흐린 하늘에 매달려 가던 달이

구름을 걷고 나와

하얗게 질린 얼굴로

새벽 바다에 지다

다시, 십일월

꽃 떨어진 그 텅 빈 대궁에 빗물이 스쳐간다

이제 나를 가릴 수 있는 것은 거센 바람뿐

詩 한줄 없이 바람 속에 시들어
눈 속에 그대로 매서운 꽃눈 틔우리

어둠속에 있는 자의 고독

김　형　수

　박영근의 시를 대할 때마다 나는 그의 시가 내뿜는 어떤 고독의 양상에 대하여 말하고 싶어진다. 그의 시는 겨울 산정에 서 있는 나무처럼 외롭다. 그 외로움은 하도 절실해 보여서 마치 생채기를 그대로 드러내놓은 이웃처럼 편안해진 자들에게 불편을 준다. 그것은 시의 내면에서도 그렇지만 그의 시가 문단에 존재하는 방식으로도 그렇다. 왜 그렇게 말하는지를 설명하자면 조금 에돌아야 한다. 사물의 참모습을 보기 위해서는 간혹 코끝을 들이미는 것보다 한발짝 물러서는 것이 더 나을 때도 있는 것이다.

　대부분의 시인들은 시를 그 자체로서만 읽어줄 것을 원한다. 시가 그냥 시로서만 존재해야지 다른 해설이나 주석(註釋)을 거느릴 필요는 없다고 보는 것이다. 그러나 학문의 탐구가 그렇듯이 문학적 감식의 경우에도 역시 '사실'을 있는 그대로 직시해 달라는 것은 거의 불가능한 것을 요구하는 것과 같다. '사실'을 관찰하려면 그것을 제대로 들여다볼 수 있는 어떤 안경을 필요로 한다. 여기서 안경이란 가치를 읽어내는 틀, 즉 패러다임을 말하는 것이다.

시인들의 희망과는 달리 모든 시는 당대의 패러다임 안에서 읽혀진다. 안경이 없는 시대는 없는 것이다. 예컨대 10년쯤 전에 우리는 치열하게 80년대에 대하여 이야기하고 있었다. 최근에는 90년대가 그 자리를 차지하고 있다. 여기서 80년대, 혹은 90년대라고 하는 것은 당대의 현실을 괄호 안에 묶어버리지 않기 위해 선택해 들어간 시의 장소로서, 우리가 이 점에 주목했던 맥락에 대해서는 눈여겨볼 만한 대목이 없지 않다. 여기에는 당대의 현실에 깊이 닿아보려는 용기가 담겨 있기도 하고, 다른 한편으로 시간을 좀더 알뜰히 분류해보려는 의지가 들어 있기도 하다.

　그러나 어떤 시간을 한덩어리로 구획지으면서 다른 한덩어리의 시간을 질적으로 판이한 것으로 여기는 태도에는 뭔가 기존의 흐름을 한묶음으로 정리하여 이제부터의 의미를 새로운 것으로 만들어보려는 절박함이 스며 있다. 이 절박함은 불가피하게 문학적 시간을 진화의 흐름으로 인식케 한다. 낡은 것과 새로운 것의 분류항을 설정하고, 이들 서로를 대립적인 것으로 만드는 것이다. 그랬을 때 이들의 관계는 병렬적 가치를 지니는 것이 아니라 어느 한쪽이 다른 한쪽을 위해 희생당하는 구조를 갖는다. 전후세대, 4·19세대, 5·18세대, 신세대 따위들로 명명돼온, 이런 세대론적 관점은 알게 모르게 우리 문학의 흐름을 주도하면서 이제까지 주로 세대를 분절시키는 데 기여해왔다. 바로 최근까지도 선행 세대에 대한 반발이 없으면 비평의 조명이 잘 닿지 않던 현실이 그것을 반증한다.

　그러나 모든 새로움은 어쩔 수 없이 과거의 도움을 필요로 한다. 우리가 '영향'이라는 말을 '모방'과는 다른 차원의 의미로 긍정해온 까닭이 여기에 있다. 영향의 힘을 고려하기에 이르면 세대론의 문제점은 한층 분명해진다. 한국시단에 분포된 여러

개의 문학적 세대는 젊음을 구가하던 무렵에 하나같이 선행 세대를 부정하여 타자(他者)화해왔다. 자기들끼리 칸막이를 하고, 문을 닫은 채 소통을 포기해버리는 폐쇄성을 보여온 것이다. 그것은 많은 시인들을 겉늙게 만들었다. 대부분의 시인들은 하나의 세대 안에서 태어나고 또 그 안에서 죽었다. 여러 세대로부터 사랑받는 보편적 선의 자리가 없다는 것, 그리하여 누구나 불과 10년 남짓한 시간적 범위만을 생존무대로 할 수밖에 없다는 것, 여기에 우리의 각박함이 있다.

이런 폐쇄적인 분할의 땅에서 박영근의 시는 줄곧 집 없이 살아왔다. 여기서 집 없이 살아왔다는 은유는 세대의 칸막이에 안주하기를 회의하면서 살아왔다는 뜻으로 읽혀도 무방할 것이다. 그런 회의를 피할 수 없었기로, 그가 친교를 원하면서 소통하고자 했던 시적 세대는 얼핏 보아도 다섯쯤에 이른다.

그의 시를 들여다볼라치면 우선 습작기에 받았을 것으로 보이는 김춘수의 영향이 감지된다. 의미망을 짜지 않고 이미지만을 제출하려 한다는 점에서 아직도 그는 그 영향으로부터 벗어나 있지 않다. 80년대의 복판에 서 있을 때조차도 그는 자신의 지향성을 드러내기 위해 섣부른 주제의식을 앞세우지 않았다. 모든 시적 발언은 오직 운율과 이미지를 통하여서만 내놓겠다는, 즉 형상 그 자체만을 노래하겠다는 의지가 유난했던 것이다. 이어서 그는 『반시(反詩)』로 등단하는데, 그 무렵 『반시』 세대는 시가 현실로부터 발이 들려 관념의 유희에 빠지면서 난해해지는 것을 붙잡아 다시 보편적 삶의 자리로 끌어내리려는 저항의지를 가지고 있었다. 물론 이때만 해도 그런 시정신은 아직 변혁적 전망(전략 전술 따위를 거느린)과 결합되지 않고 있었다. 그런 기미는 김지하에 의해 민중적 전통예술에 대한 관심이 미의식의 혁명으로 본격화되면서 출현한다. 박영근의 시는 여기서도 영향을 받아 최근까지 문어체적 서술형 종결어미 '~한다'를 극구 자제해왔다. 이는 구어체적 건강성을 담으려는 노력 때문이기도 했겠지만 또한 여백을 많이 두려는(즉 침묵으로 발언하려는) 의도 때문이기도 했을 것이다. 그런가 하면 80년대를 풍미하는 민중적 리얼리즘의 영향도 없지 않고, 90년대 들어서는 언젠가 그가 가졌던 장점으로서 '민중적 모더니티'(?)를 되찾으려는 모색도 있다. 여기까지가 그의 시에서 한눈에 읽힌다.

이렇게 그의 시를 구성하는 요소들은 단순치가 않다. 그러나 그는 많은 시적 세대와 관계하면서 한번도 그 복판에 서보지는 못했다. 그것은 그가 한국문단에 첫 노동자시인으로 발을 들여놓은 이후에야 시작되는 저 뜨거운 노동문학의 시대에도 그랬다. 한 예로 첫시집 『취업공고판 앞에서』에 속하는 시들을 쓸 때, 그가 가졌던 것은 민중이 박정희정권으로 대표되는 개발독재세력에게 인간으로서의 존엄성을 밝히면서 내지른 방어적 담론이었지 새로운 세상을 세워보겠다는 공격적 담론은 아니었다. 그래서 그의 시에서는 "노동자의 햇새벽이 솟아오를 때까지"(박노해, 「노동의 새벽」) 같은 전망의 출구가 토로될 여지는 없었던 것이다. 그의 대표작으로 보여지는 「취업공고판 앞에서」는 "除隊를 하고, 세월도 믿음도 무심히 멱살을 잡고 흔들던 스물다섯 계급장을 떼고도 나는／갈 곳이 없었다"로 시작하여, "눈발 그친 곳에서도 불빛은 흐려지고／누이여／흩어지고 어디로 또 떠나는 밤기차 소리에도 부서지고"로 끝난다. '대안' 혹은 '전망'이라는, 이 공격적 정서를 갖지 못했다는 것이 바로 그의 시를 박노해의 「노동의 새벽」만큼 폭발적인 관심을 끌지 못하게 했던 것이다.

이렇듯 매번 새로운 조류에 전폭적이지 못했다는 점에서, 아니 그것들과 오히려 형식적 갈등을 중단시키지 못했다는 점에서 그의 시는 주로 과거에 속해왔다. 아니 빛바랜 사진 같은 인상을 주어왔다. 그것은 지금도 마찬가지인데, 여기서 한가지 알수 있는 사실은 그가 언제나 선행(先行)의 모범을 이탈하지 않으면서 '새로움'의 대열에 가담하려 했다는 것이 문학적 불운의원인이 되었다는 사실이다. 그러나 이 불운의 뒷면에는 그가 한국시의 기나긴 여정으로부터 탈락하지 않을 수 있었던 다복(多福)이 없지 않다. 현재 자기 고유의 태도를 바꾸지 않고도 90년대를 누리고 있는 노동자시인은 그가 거의 유일한 형편이다. 그는 선행의 모범, 후행의 새로움들과 지속적으로 소통한 덕분에 그들 사이에 끼여 있으면서 또 양쪽 다에 관여하는, 그리하여 낡음을 선고했던 것들보다 훨씬 더 새로운 시간을 사는 독특한 생명력을 누릴 수 있었다. 이 생명력을 진단하자면, 그간 세대론적 관점들이 던졌던 무수한 질문들——예를 들면 얼마만큼쉬운가, 혹은 당파적인가, 혹은 모더니티를 가지고 있는가 따위를 반대로 뒤집어서, 즉 쉽자고 깊이를 잃어도 되는가, 당파적이자고 계몽적 의도를 마구 드러내도 되는가, 모더니티를 얻자고 리얼리티를 잃어도 되는가 하는 식의 물음을 던져주어야한다. 그랬을 때 그의 시만큼 방어력이 큰 시는 매우 드물어질것이다. 이는 그만큼 선명성 경쟁에서 뒤지면서 문학적 배은망덕이 극복돼 있다는 말이 된다. 불과 10년을 단위로 전혀 새로운 경향을 출현시키는, 그야말로 심도 깊은 정신활동을 하나의흥행사업처럼 진행시켜가는 우리의 환경에서 이는 매우 소중한문학행적이 아닐 수 없다.

바로 이같은 한시적 패러다임의 거품을 덜어내고 나야 비로소그의 시가 보인다. 사실은 그러고 나더라도 그의 시는 매우 쓸쓸하게 읽힌다는 게 또다른 문제거리이기도 한데, 한편으로 생각해보면 그것은 별로 억울해할 것이 못된다. 우선 그의 시는 행색부터가 화려하지 못하여 그의 목소리를 대신하는 문학적 화자는 언제나 볕이 안 드는 쪽에서 독자를 불러왔다. 그가 노래하는 장면들도 봄의 약동이나 젊음의 생기발랄 따위는 담고 있지 않다. 그것은 초창기부터 그랬다.

> 겨우내 눈 쌓이고, 묻히는 살붙이들
> 그 어둠만큼 흩어지는 눈송이들 속에서
> 듣는다, 우리들 목마른 입맞춤 찾아서
> 한밤중 허공을 떠돌며
> 서로 부르는
> 목소리 몇조각.
>
> ——「수유리에서 4」 부분

이 데뷔작(1981년 발표)의 도입부에서부터 드러나기 시작한, 그의 시어들 속에 인(燐)처럼 박힌 고독감(이건 가벼운 외로움이 아니다)은 최근 시에까지 관통되는 본원적 색채를 이룬다. 아마도 그의 시는 대낮보다는 한밤에, 빛보다는 어둠에, 봄보다는 가을이나 겨울에 바쳐지자고 태어나는 것 같다. 이런 신산스러움은 자칫 삶에 까닭없이 지친 자의 노회한 태도로 오해받게 할 수도 있다. 그러나 그의 시가 염세 취향, 혹은 '의도된 삶의 회한'이나 '학습된 인생론적 포즈' 등에 휘둘릴 가능성은 없다고 보아도 좋다. 그것은 그의 비애가 사적(私的)이지 않기 때문이다. 그는 삶의 서정성에 집착할지언정 그럴 때 흔히 갖기 쉬운, 감상성 혹은 낭만성으로서의 주정(主情)을 극도로 절제해왔다. 그런 경향은 나이가 들수록 더욱 심화되는데, 다음 최근의 시는 그것이 심하다 못해 꽝꽝 얼어붙어버리는 게 아닐까 하는 염려마저도 준다.

침묵이 침묵의 뜻을 얻을 때까지 너를 잊겠다

<생 략>

생활과 시 사이에서
때묻는 지폐처럼
변명은 나를 길들이고,
아 나를 끌고 가는 이 깊은 그림자

———「변명」부분

이 시인의 어디에 이렇게 차가운 절제력이 숨어 있는지 그것
은 잘 알 수 없다. 시 밖의 생활세계에서 감정표현이 매우 헤퍼
보이는 게 사실은 그의 거죽에 불과한 것이 아니었을까 싶게 시
속의 세계는 냉정하다. 인용시만 해도 시어와 시어들 사이, 시
의 행과 행 사이에는 무수한 망설임과 상처가 깃들어 있지만 그
것들을 증폭시킬 수사적 성찬들은 과감히 생략되고 없다. 그래
서 인용구의 말미에서 풍겨오는 비애의 느낌들은 어떤 찬란한
지점을 통과해온 자가 새삼 허무를 맛보면서 드러내는 유(類)
의 회한처럼 보이지 않고, 한층 실존적이고 뼈아픈 삶의 감정으
로 보인다. 그 비애의 근거는 물론 시적 화자가 내딛고 있는 대
지의 모습에 있을 것이다.
　이같은 인식은 그의 시를 무겁게 하고 읽는 이를 쓸쓸하게 만
드는 측면이 없지 않다. 그러나 그의 시가 쓸쓸하게 읽히는 핵
심적인 이유는 그런 데만 있는 것은 아닐 것이다. 그것은 그의
미적 인식론과도 관련이 되는데, 80년대를 헤쳐온 민중시인치
고 그는 보기 드물게 계몽적 미학과 친하지 못했다. 계몽적인

태도란 흔히 현실의 모순을 발견한 데서 생겨나는 게 아니라 스스로가 그 답을 가지고 있다고 확신하는 데서 생겨난다. 즉, 그것은 갈 길에 대해서 회의하지 않는 신앙적 자세의 반영인 것이다. 그러나 박영근의 시는 실존의 순간과 대결하고 있을 뿐 예정된 귀착지를 갖지 않는다. 그래서 그가 민중주의적이라고 한다면 틀린 말이 된다. 그는 실존주의에 가깝다. 그런 성격은 너무나 역설적이게도 이번 시집의 제2부에 배치되어 있는 노동의 시편들에서 특히 적나라하게 드러난다.

> 배고픈 쥐들이 자주 비눗조각을 물어가곤 했다 꽃샘바람에
> 진눈깨비 울 때까지 늘 가스가 떠돌아다니던,
> 숨이 차오른 가스배출기가 삑삑 울기도 하던
> 부엌 하나 딸린 단칸방,
> 　　　　〈생　략〉
> 문건을 읽었다 이 빠진 받침들과
> 시커멓게 뭉개진 활자들은 바로 세우고
> 읽고 나선 서둘러 아궁잇불에 태우던
> 한밤중, 어둠속으로 피세일을 나갔다 달빛은
> 골목 어귀에 소식지 위에 날을 세우며 떨고
> 보안등 불빛에 쫓기며 한바퀴, 또 한바퀴…… 돌아와
> 새벽시장 봉지김치에 라면밥 말아먹던, 방
> 　　　　　　　　　　　　　　　──「그 房」부분

이 절창도, 어떤 전망지향을 갖는다기보다 실존적 비애에 집착해 있다는 점에서 레닌주의적이지 않은 것이다. 그가 이제는 사라진(?) 노동시를 계속 붙들고 있는 까닭도 그 전망에 대한 확신과 관련된다기보다 그가 겪고 있는 실존적 고통과 관계된다

고 봐야 할 것이다.

그런데 여기서 또 한가지 각별히 주의해서 바라봐야 할 점이 있다. 그가 레닌주의적이지 않다고 해서, 낡은 패러다임을 버린다면서 현실 자체를 팽개쳐버리는, 그런 청산이나 냉소의 호흡들에 합류하지 않는다는 점이다. 그는 어쨌거나 아직도 전체의 문제와 씨름하고 있다. 이번 시집에서 가장 높이 사주어야 할 덕목으로서 그의 시적 화자가 여전히 '우리'일 수 있다는 점은 참으로 빛나는 것이다. 여기서 '우리'라는 말과 대칭되는 것은 '사(私)적 인간'인데, 사적 인간이 그리이스어로 바보를 뜻한다는 것은 무척 흥미로운 사실이다. 십수년 전 우리는 '낡은 우리'의 내부에 있는 '사적 인간성'을 몰아내기 위해서 하나의 새로운 공동체 앞에 서 있었다. '민중'이 바로 그것이었다. 그러나 이 공동체의식은 90년대 들어 상당한 와해와 해체를 맛본다. 지금은 거의 사적 인간들의 시대가 되었다고 해도 될 것이다.

그렇다고 해서 사적 인간이 칭송되고 있는 것은 아니다. 포스트모더니즘이랄지 하는 신흥 사조들을 통해서 우리 시에서 '사적 인간'들이 많이 출현하는 것도 사실은, 긍정되고 칭송되기 위해서가 아니라 보편적 삶이, 혹은 대다수가 사적 삶을 누리고 있는 것이 현실이기 때문인 것으로 보인다. 문제적 현실을 그대로 드러내는 것은 옹호의 기능보다 비판의 기능을 더하게 된다. 그러나 그럼에도 어쩔 수 없이 문학작품에서 사적 인간이 중심에 놓이는 것과 '우리의 한 사람인 나'가 그려지는 것은 절대로 같지 않다. 그 이유로서 아마 가장 중요하게 지적되어야 할 것 중의 하나가, 전체의 문제, 시대적인 곤혹과 딜레마에 대한 문제의 천착에 있을 것이다. 개인이 사회 전체와는 아무런 갈등을 느끼지 못하고 오직 개인적 고뇌만을 부둥켜안고 사는 게 아니

라면 시대적 꿈이란 피할 수 없는 것이다.

여기서 우리는 박영근의 시세계가 갖는 본질을 엿볼 수 있다. 나는 그의 시적 정체의 핵심은 온전한 세계에 대한 외경에 가까운 갈망에 있다고 본다. 그의 시는 처음부터 끝까지 부서지지 않은 세계를 만나기 위하여 잔뜩 긴장된 자세로 어둠을 견뎌왔다. 그러나 매번 그가 맞닥뜨린 세계는 형편없이 찢겨져 있었다. 그래서 그의 시는 비극성을 주조로 하게 되는데, 그 비극성은 그의 서정적 시편들이 그리움, 보고 싶음 따위의 일차적 감정을 던져놓을 때조차도 어떤 측면에서는 꽤 정치적이라 할 수 있는 현실적 고뇌의 일단을 시의 밑그림으로 담아 내놓는다. 그런 의미에서 그의 문학사전에 순수 서정시라 할 수 있는 것은 없다.

> 꽃대가리 터뜨려 불을 토하던 대낮을 어이하리
>
> 낡은 보안등 아래
> 땅 밑으로 휘어드는 모가지 간신히 담장에 걸치고 있는
> 장미철 밤 꽃무더기
> 파리하게 떨고 있는 그림자
>
> 바람도 없구나
> 꽃잎 있는 대로 휘날려
> 제 가슴 뜯지도 못하고
>
> ——「밤, 꽃」 전문

이렇게 그가 그리는 정물은 그냥 정물이 아니요 풍경은 그냥 풍경이 아닌 것이다. 그의 시에 채록된 사물이나 풍경은 마치

계엄령 하에 존재하는 것들처럼 그 무엇엔가 구속되어 있다. 그것을 분단현실 같은 말로 설명하면 지나치게 의미가 고정되어버리는데, 하여튼 이 시에서 '꽃' '불'이나 '바람'과 대치해 있는 '보안등' '담장' 등마저도 탈냉전의 시대를 지극히 냉전적으로 살고 있는 한반도적 존재방식을 취하고 있다. 이런 파괴된 세계에 살고 있어서 시적 화자는 정상적인 생명활동을 못하고 있는데, 그런 단서로서 들어질 수 있는 "바람도 없구나"라는 구절은 이 시의 중핵을 이룬다. 바로 이 귀절에서 그의 시 속에 놓인 사물이나 풍경들이 끝없이 온전한 의사소통을 갈망하고 있었다는 사실이 드러나는 것이다.

이 대목에서 다시 빼놓지 않고 상기되어야 하는 바, 온전치 못한 세계에서 산다는 그의 슬픔은 이번에 대단히 획기적인 우리의 내면풍경 하나를 창조해낸다. 그것은 이 시집 제1부에 포진해 있는, 분단심리에 대한 포착들 속에 집중되어 있다.

> 캄캄한 어둠속을 내가 걷고 있다
> 다 떨어진 군복을 끌고
> 맨발에 고개를 숙이고 가는 긴 행렬 속에서
> 느닷없이 너는 나를 길에 홀로 세우고
> 군번을 외우라 명령한다
> 잊은 지 십오년이 넘는 그 아라비아 숫자를 찾다가
> 문득 소스라치는 자리에
> 인민군복에 붉은 별짜리 군모를 쓴 또다른 내가
> 부동의 차렷자세로 말을 더듬고 있는
> 나를 바라보고 있다
>
> ——「꿈속에서」 부분

이런 노래를 하게 된 배경에는 아마도 '동해 잠수함 사건'이 있지 않았을까 싶다. 이 시는 분단현실에 가위눌린 영혼들과 그들에게 지속되는 고통을 그리기 위해 군대체험을 소재로 차용해 오고 있다. 그런데 자세히 들여다보면 군대체험이 단순하지가 않다. 여기에는 이데올로기적으로 남이나 북의 사람이 아닌 익명의 존재로서 '너'가 나오는데, 중요한 것은 바로 이 '너'의 복잡성이다. 여기서 '너'는 나를 끝없이 20여년 전의 군대체험을 떠나지 못하게 하고 또한 그 20여년 전의 나를 인민군 체험과 동일하게 만든다. 그래서 여기서 나와 너는 서로 타자의 관계가 아니라 동일자의 관계에 놓인다. 즉,

　　내 아이의 탄생에서 나의 죽음까지
　　그 죽음의 훗날까지 싱싱하게 채워넣고
　　나를 부르는
　　냉장의 거대한 육체여

　　내 몸 전체로 서 있는 군사분계선이여
　　　　　　　　　　──「CF를 위하여 2」 부분

와 같이 내 몸이 군사분계선인 존재임을 밝히는 것이다. 이것은 언젠가 윤흥길의 「장마」가 보여주었던(「장마」의 화자는 좌익의 외조카이자 우익의 아들이다. 그는 오른쪽으로도 아프고 왼쪽으로도 아프다. 그 둘 다이면서 하나의 존재인 것이다) 40여년 전 아픔의 현재형이다. 이 시의 진면목은 굳이 말하자면 백낙청의 분단체제론적 존재가 시적 인격을 얻은 데 있다고나 할까? 중요한 것은 그것이 서정시의 형태로 출현함으로써 분단체제적 정서의 내면적 거처를 확인시켜준 점인데, 아마 이런 현실을 문

학이 철두철미하게 외면해버렸던 시기에 이 시가 나왔다는 것은 마땅히 평가되어야 할 것이다. 비록 「꿈속에서」의 시적 진술이 다소 소심한 편이어서 노래가 되기에는 호흡이 구차하다는 아쉬움이 없지 않긴 하지만 말이다.

우리는 90년대 들어서도, 문민정부가 들어서고 탈냉전의 시대가 도래하고 '역사의 종언'이 이야기되고 세계화시대가 되어도, 우리의 내면을 근원적으로 구속해버린 이 분단콤플렉스에 의해 한번도 그것들의 온전한 의미를 맛보지 못했다. 세계화시대에도 여전히 정치 경제 사회 문화의 모든 길 끝에 분단의 미궁이 놓여 있다는 사실은 방금 전에 열거한 모든 90년대적 목록들을 의사(擬似)로 만들어버리고 말았던 것이다. 하여튼 이같은 불구의 세계에 우리의 삶이 놓여 있음을 그의 시는 끝없이 드러내고 있다. 그리고 출구는 없다. 그래서 그의 노래는 여전히 실존의 슬픔을 넘어 새로운 희망으로 항해하지 못한다.

> 잠은 오지 않고
> 하릴없이 묵은 소설책 갈피를 뒤적이는
> 한밤
> 돌아볼 옛날도
> 훗날도 없는 텅 빈 시간
> 답답한 마음이 골목엘 나와
> 외롭게 제 발등을 비추고 있는
> 보안등 불빛을 본다
>
> ──「희망에 대하여」 부분

아마 이 시로 볼 때 현재 그가 느끼고 있는 참혹한 기분은 당분간 바뀌지 않을 것 같다. 그러면서 여전히 어둠속을 가고 있는 그의 모습은 어쩌면 토크빌의 다음 말 속에 들어 있는 게 아닐지 모르겠다. "과거가 더이상 미래를 밝혀주지 않으니, 정신은 어둠속을 걸어간다." 나는 이 시집의 주제와 성격이 바로 이 말로서 축약될 수 있다고 본다. 이 불확실성 속에서 엿보이는 어떤 회의의 느낌은 아직 희망을 만나지는 못하고 있지만 그 자체로서 매우 생산적인 것이다.

나는 그가 벌써 세 차례의 쓸쓸한 연대기를 건너면서 또 한 차례의 불편한 목소리를 내놓는 일에 동감한다. 그의 불편한 목소리는 우리 시의 앞날을 위해 의미가 없지 않으리라. 다만 한 가지, 이번 시집은 고도의 긴장상태에서 나온 것으로 보인다. 최근 그의 시는 침묵의 여백을 더 넓혀놓고 있다. 더러 과잉될 소지가 없지 않았던 주정(主情)적 요소들은 이번 시집에 이르면 거의 자취를 감추고 없다. 대신에 자유분방함이 줄어들어 건조해지는 감이 없지 않다. 장쾌한 비약이 없어서 더욱 세심하게 느껴지는 이 건조함은 그가 앞으로 넘어서야 할 벽으로 보인다. 불확실한 세계 앞에서 지나치게 긴장했던 것이 약간의 언어적 위축으로까지 간다면 이는 아쉬움일 것이다. 여러개의 문학적 세대들을 넘어서며 젊음의 건재를 보여준 그가 부디 어둠속에 들어 있는 저 비애의 덩어리로 보이는 세계의 모습들에 대해 좀더 과감히 이름들을 부여하고 호명해낼 수 있기를…… 그렇다면 나는 그것이 이보다 더한 절망의 노래여도 좋다고 본다.

후   기

　　나에게 민중, 혹은 문학은 여전히 하나의 가능성이며, 가야
할 미래로서의 새로움이다.
　　이 시집의 끝에 나의 스승 한분이 당신의 첫시집에 쓰신 말씀
한구절을 적어놓는다.
　　나 자신이나 남을 속이지 말자,
　　분수를 알자.
　　어둠과 절망을 제대로 살아낸다는 것은 얼마나 어려운 것인
가, 새삼스럽게 가슴이 뜨거워온다.

　　　　　　　　　　　　　　　1997년 10월, 인천에서
　　　　　　　　　　　　　　　박　　영　　근

창비시선 169

지금도 그 별은 눈뜨는가

ⓒ 박영근 1997

지은이/朴永根
펴낸이/김윤수
펴낸곳/(주)창작과비평사

1997년 11월 10일/초판 인쇄
1997년 11월 20일/초판 발행

등록/1986년 8월 5일 제10-145호
주소/서울 마포구 용강동 50-1 우편번호 121-070
전화/영업 (02) 718-0541, 0542
편집 (02) 718-0543, 0544
독자관리 (02) 716-7876, 7877
팩시밀리/영업 (02) 713-2403
편집 (02) 703-3843
전산조판/동국전산주식회사

ISBN 89-364-2169-7 03810
＊책값은 뒤표지에 표시되어 있습니다.